KB107029

여행

여 행

박지애 장시집

불교문예

|차례|

01
8정도

02

마음 · 수.상.행.식.

01

⁂ 8정도

■ 머리말

트렁크를 들고 비행기를 탔다

그러나 corona 때

별들 가스 파랗고 노랗고 초록인 사이를 보고 있다

색다른 여행을 한다

생소할지 모르지만 진정한 여행이다

마음 갇힘을 떠나 영원으로 갈 것이다

인연의 거미줄은 붓다에게 맡기고

품에 안고 내 것 이상으로 골몰했던

모든 마음들도 그들의 길로 갈 것이다

그들도 원래 붓다이기에

well being well dying을 위한 여행

나그네면서 탐험가인 숙명

중력에서 벗어난다

선을 넘는 순간 기쁨이 오지 않는다 해도

고통이 고름처럼 쑥 빠진 상태

기쁨이 오지 않아도

고통에서 뚝 끊긴 상태가

이미 환희지의 땅이다

-수행- 눈물 여윈 땅으로 여행할 것이다

거리에서, 현란한 술집에서, 카페에서……

무리로 엉켜서는 어렵다

홀로 치열한 수행 중에 떠날 수 있다

corona19가 고마운 이유다

corona 중 탐험가

1. 바르게 보기

길이 없다

쉬지 못할 것이다

모퉁이는 어디 있단 말인지

모퉁이 돌면 사각 돌담 있었는데

다른 길에 와 있다

엉뚱한 길이다

정진 다해 달린 길

골똘하다

글 꺼내 읽어 본다

저 길로 이어지고 저 길에서 오른 쪽 꺾으면

광장 나오고 광장에서……

길 잃을 -만일의 때- 위해 적어놓은

〈길에 대한 정보〉

다급한 눈으로 읽었지만

글은 그때 안이비설신眼耳鼻舌身의 집착된 글이고

지금 눈에 없는 글

지금 코에 냄새나지 않는 향
촉감 지팡이 되지 못한다
잃은 것이다

*

긴 어둠 될 것이다
길 잃은 공포
서늘하다
잃어버렸다
수행 맛 젖어도 봤는데
얻음 기뻐하던 때 있었는데
기억 얻으려
어둠 새고
혹사하고
정신 부르튼다
이게 내 본체인가?

*

-크기- 강요 한다

예민한 정신에 동그라미 그렸다

동그라미 너머 네 개 점 찍고 점 선으로 이었다

동그라미 위 네모

네모면 위, 점 네 개 찍고 다시 선으로 이었다

네모 위 네모

좁아서 모르는 것이다

계속 네모 위 네 점 이어 네모 위 세모

세모 위 네모

네모 위 오각형, 오각형 위 칠각형, 칠각형 위 구각형……

혈전 치른다

땅 차지할 것이다

-넓고 크게- 화두다

정신 너덜거린다

더 그리다간 찢어질 것이다

*

동그라미 안 빈 공간

깊이 파야지

-크고 넓게-에 -깊게- 추가한다

빈 공간이 있다

선을 그린다

동그라미 안으로 여섯 점 연결 육각형

육각형 안 오각형, 오각형 안 네모, 네모 안 세모……

동그라미 안도 아프다

상처 깊다

고개 숙인 시간 흘렀다

상처 보지 않는 욕망 고개 든다

소독도 않은 채 세모 안 다시 네모 억지로 그린다

네모 안 작은 세모, 할 수 없이 점! 꾹!

깊이를 찍는다

크고 깊은 욕망

아니! 생존 투쟁

땅 확보하지 않으면 정신 살 수 없다

생명위협 시달리는

살기 위해 투쟁하는 선

쉬지 않는 선

정신 커지지도 깊어지지도 않는데

뭘 찾는 걸까?

찾는 길이란 무엇일까?

*

사방으로 그어진 선

선 관찰한다

직선으로 이은 선

밑줄 그어진 선

중요했던 모양이다

흔적이 있다

발자국 보인다

희미한 선 붓다에 연결됐다

붓다 밑 수많은 선들 그어졌다

기억한다 붓다

연필로 거친 선들 그어졌다

안이비설신의 오가던 선

수상행식으로 긋던 선

붓다 거치자

선 꽉 찼다

껍질뿐인 선 팽팽해진다

선 안정 찾았고

길이 보이고 익숙한 촉감, 냄새, 소리 들린다

찾은 것이다

〈붓다 들렸다 오기〉 밑줄 치던
길은 붓다
붓다가 길이다

*

간단한 공식 〈붓다 들렸다 오기〉 잊다니
현상 반복!
무섭다
pattern 고정되면 어쩌지
규칙 어떻게 저장해 놓을까
선 어떻게 훈련시킬까
길 잃었을 때 긴장 다가온다
통증 스며든다
망각 공포
미친 듯 길 찾을 것이고
잃었다고 목 놓을 것이고
맨발로 기웃될 거다
초점 잃은 눈으로 두리번거릴 것이고
자지 못한 정신 회색 될 거다
지루한 수색이겠지

길 손에 쥐고 있다
잡고 있잖아
길 찾은 상황에서도 망각 두렵다

*

낡은 정신 꿰맨다
떨리는 손으로 정신을 꿰매고
찢어진 정신 실로 이었다
꿰맬 자국도 없도록
더 꿰맬 정신이 없다
바느질할 정신이 없다
구석구석 바느질로 얼룩얼룩
한결 낫다
살만하다
이렇게 또 이어 간다

*

꽉 잡고 있는 붓다 누가 훔쳐 가는지
진땀 나도록 잡은 지도地圖

눈 감지 않을 거다
붓다 의식하며 선 그린다
밑에 굵은 줄 친다
까맣고 두껍게 붓다 쓴다
붓다에 동그라미

바람 분다
동그라미 사이로
바람 따라 하얀 구름
동그라미 가득 하늘이다
바람 비집고 들어온다
밑줄 치던 선 구름 만진다
붓다가 작아진다
붓다가 지워지고 아상이란 글 써진다
짙고 크게 아상에 줄치고 있다
아상我相을 잡고 있다
아상 정견正見 걸림돌이다!

*

질끈 매고 정진하지만

매서운 정진 틈으로 아상 고개 내민다
아상 면벽 중에도 잠입한다
정진 속에 들어온 아상
익숙하게 아상을 걸친다
아상을 걸친 명상
망각의 순간
아상으로 입고 있는 정신
가부좌 틀어도 허상이다
잡았던 길 놓치는
병 도진 것이다
깊은 병
잡았던 붓다 던지는 병
지구에서 어렵다
아니 내가 어렵다
쉽게 놓치는 병
그래서 지구에 온 것이다

*

아상으로 우주 그릴 수 없다
모자랐던 삼각형, 사각형, 동그라미, 육각형……

지치고 불안한 도형

답답한 막막한 도형

아픈 도형들이다

얼마나 많은 도형 그렸던가

팔각형 십각형 오각형……

만족하지 못했다

헐렁한 사각형 불안한 오각형 탐탁치 않는 구각형……

마음 둘 수 없는 육각형 칠각형……

붓다와 그린 선은 편안했다

탁 놓았다

숨 쉬는 선

만족한 도형 그렸다

그러나 놓친다

*

~W!

정견正見 어려울 거야

사바에서 붓다 꺼 집어내는 일

이생 인연으로 불가능 할지도

수 겁 짜여진 인연으로

선업 지난 생 쌓여야 가능할 지도

도솔천!

과거에서 온 마음들이지

과거 업으로 형성된 현재

~W!

정견에서 벌어진다

맑은 붓다 생각

탁한 중생 생각

호된 차이

−도솔천

지구에 익숙한 눈

심장에 찬 교만 성공 욕심…

뇌 주름 속 공포 불안 죽음…

살벌한 단어들에

정복돼 있다

사바에 젖었다

~W!

무명 정견 사이는 무극

그 거리 불가설

−도솔천!

물리적 시간 충분한 노년

불가설

그곳에 앉아 정견 할래

~W!

석가가 왔다

마음 크기 갈망하는 땅 위해

2. 바르게 생각하기

삼각형이 왔다

안이비설신을 관찰한다

수상행식 깊이 본다

삼각형 뚫어지게 본다

보고 말 것이다

감쳐진 것도 볼 것이다

숨을 수 없을 것이다

못 본 게 있다는 건 충격이다

각 만져 본다

면 비벼본다

귀 대어 삼각형 들어 본다

땀 흐른다

쥐가 났다

정신 악 물었다

*

삼각형 엄청난 자료 안고 왔다
그걸 본다는 건
본다한들 빈틈 생기고
삼각형 다 아는 날 올까?
새벽 왔지만
삼각형 커져갔다
둔각일까? 예각일까? 직각일까?
두 변 길이 같으면 이등변 삼각형
한 각 크기 직각보다 커야 둔각 삼각형이다
세 각 모두 직각보다 작아야 예각 삼각형이다
삼각형 한 변을 밑변으로 할 때 밑변과 마주 보는
꼭지점에서 직각으로
내린……
삼각형 보는 게 고통이다
이 방법 아니다
삼각형이 이길 것이다
뚜벅뚜벅 공포로 다가오는 삼각형
밑변 들이댄다
빗변 무섭다
각이 찌른다
꼭짓점 최신무기가 되어 정신에 다가온다

삼각형 앞에 마음이 주저앉았다

*

삼각형의 노예 되었다
노예 된 마음 본다
삼각형을 주인으로 섬기는 마음
마음은 어디서 왔을까?
마음은 무엇일까?
붓다 떠 올린다
하나다
둘 아니다
우주 하나다
우주에서 온 마음 찾았다
우주 본성을 찾았다
아상만 널린 마음
마음을 뒤져 본성을 찾지만
아상 걷어 내고 걷어내고……
마음 저 밑에 먼지 수북한 뭔가 팽개쳐져 있다
먼지 가득한 틈으로 어떤 존재 본다
불성

집어 툭툭 털었다
아상 마음 차지하고 있었으니
불성 숨 쉬지 못했다
본성을 몰랐다

*

색色은 공空이고 공은 색이다
삼각형 색으로만 보는 건 겉핥기
불성 들고 삼각형 색과 공으로 보자
불성 삼각형 비쳤다
삼각형 전생 인연들
적나라하게 보인다
삼각형 밑변 들이대도 본질로 대항한다
꼭짓점으로 강타해도 본성으로 막는다
세 내각 합 180도로 공격해도 불성 막는다
세 외각 합은 360도
아니 틈으로 보이는 각에 공空 들어있다
직선 위 있지 않는 점 세 선분
색色 공空으로 변한다
아니 아니야 삼각형 우주로 날아간다

외계 형태 낸다
삼각형 차원 달리해도 우주 본질 이길 수 없다
삼각형 세 변의 길이와 그 낀 각 사이로 달이 떴다
기하학 아니 삼각형 우주 별로 떴다
불성도 별로 떴다
불성의 별 삼각형 별 비쳐본다
편안하다
웃었다
불성 마음에 오면서
삼각형을 다 본 것이다

*

우주에서 올 때 챙겨온 불성
사바에서 살면서 팽개쳤다
청춘일 때 더 그랬다
아상만으로도 걸림 없었다
늙음은 달랐다
아상으로 피안 건널 수 없다
아상 젊음은 건넜지만
피안 건너의 배는 아니다

피안 건너는 배가 필요했다

깊고 먼 피안

아상은 타다 빠진다

인상도 파도에 휩쓸리고

수자상 어림없다

중생상도 아니다

배가 없음을 알 때

불성 본다

누구 배인가?

노는 어디 있고 돛은 어떻게 펼까

언덕 건너기 안전할까

죽음 앞에서 서성인다

혼란의 시간

본질의 배 펼쳤다

생소한 모습

처참하게 모르는 배

불성에 올랐다

튼튼한 배다

배는 믿을 수 있어야 탄다

*

–도솔천!

마음 넓어질까?

~W 네 마음

–마음 밝아질까?

~네 마음

–마음 행복할 수 있을까?

–네 마음

–도솔천! 우린 정말 하나일까?

~빅뱅 하나의 붓다에서 시작했지

–33천 뭐니?

~마음의 땅

–도솔천! 마음은 뭐니?

~붓다의 한 조각

–어떻게 챙기지?

~33천 마음 땅 여행하며

33천 깨달음의 땅이야

33천으로 설계되었지

성불의 땅

티켓은 8정도

약속의 땅

*

새롭지 않다면 지구 버리라고 한다 도솔천
심장 뛰는 땅 찾아서
경전 메모 삼아
설레지 않는 땅은 깨달음 없는 땅
지도에 남겨놓은 매력적인 땅
새 땅이 있다는 건 위로라고
복음이라고
소천 중천 대천 새 지도 있다고
우주에 남겨놓은 많은 땅 보라고

그렇다
땅을 지도에 새겨 놓은 이유 뭘까?
가라는 것이 지도다
떠나라는 것이 지도다
머무르는 사람에게 지도 필요할까?
루트 정할까?
묵을 별 정할까?
여행을 위해 짐 꾸리자
지도 가지고 공항으로 간 사람

출발 고대한다

기다림은 간절함이다

목적지가 있다면 그곳에 가야만 한다

목적지가 있다면 가야 할 사람이다

3. 바르게 말하기

-도솔천

아! 아! 아!

소리 내 봤다

무슨 말 할까?

사바 속 길들여진 혀

생각보다 먼저 움직인다

업으로 구성되어진 뇌

업으로 저장된 말 쏟아진다

사바 업으로 주고받는 말

뇌도 혀도 준비되지 못한 것이다

아! 아! 아!

더 말하지 못했다

〈바르게 말하는〉 곳 어딜까?

그 세계는 어딜까?

외계 말이 틀림없다

말 이렇게 어려울 줄이야

말 붓다를 한번 거치고 나와야 하는데

*

-도솔천!

아! 아! 아!

세속 소리가 공기 중에 퍼진다

업이 얽힌 소리

소리 공해 허공 가득하다

차라리 동굴 속 벽지불이 될까?

말을 삼키는

허공에 말 내뱉지 않는

말 오염으로 허공 더럽히지 않는

동굴 속 청청한 침묵 공간 되라고

아! 아! 아! 아!

아! 아직 모자란다 정언 수행

*

-도솔천

모자람 알았어

대뇌 간뇌 뇌하수체 정견으로 가다듬지 못하고

소뇌 중간뇌 연수 정사유 채우지 못했어

정견正見 다시 한다

사바 지구에 있다

지구 움직임에 익숙한 눈

눈으로 본 것 마음에 저장되고

심장 가득히 차있다

머리에 흠뻑 젖은 사바 생각들이 말로 튀어나오려 한다

사바 말들이 흉건하다

말을 길들여야 한다

가라앉혀야 한다

*

–도솔천!

아! 아! 아!

다른 말 할 것이다

참선하듯 혀를 정리했어

수행하는 혀

침묵 좌선 중인 혀

가부좌 튼 혀

면벽하는 혀
혀 하안거 참선 중이야
지구 떠나 먼 길 가고 있다
오랜 시간 사바 떠나
이미 사바 혀 아니야

*

–도솔천!
아! 아! 아!
삼매한 혀 움직여 봤다
"꽃"이라고 혀 움직였다
깊숙한 울림 내며
처음 들어 본 소리인 듯
"꼬오옷" 이라는 수행 소리 냈다
붓다 손길 한번 스치고 소리 나왔다
꽃 풍부한 빛이 소리에 묻어났다
그런 소리 허공에 뱉었다
허공을 감동 시키고
마음 움직일 소리였다
"꽃"이라는 소리가 환희지에 앉아있다

불퇴주에 앉아있다

동진주에 있다

"꽃"이란 소리 속에 보살 52위가 다 들어있다

*

-도솔천!

하늘 말 하고 싶어

타화자재천 도리천 비상비비상…

그들 말하는 거야

타화자재천 보석 이야기

비상비비상 침묵 속 대화

범내천 바다 이야기…

무량정천 식무변천 오랫동안

2만 대겁 4만 대겁 선정하는

말을 않고 대겁 지나겠지

말보다는 빛이겠지

화려한 빛 생명의 빛

빛 언어네

빛 언어 배우고 싶어

2만 대겁 4만 대겁 시간일지라도

빛 언어 말하고 싶어

마음 빛을 타고

언어 빛에 얹어

빛 언어 그 자체로 자비인

어디든 가는 빛 언어

어둠 치료하는 빛 대화

말로 하지 않는 엄청난 말

4. 바르게 행동하기

사각형이 들어 왔다
순간 아상我相 집어 들었다
4개 선분 누르고
선분으로 연결된 꼭짓점치고
이웃하지 않는 2대변 찌르고
이웃하지 않는 두 대각 조이면
마주 보는 꼭짓점끼리 이은 대각선 무너지겠지
아상 작전 빈틈없이 세운다
사각형 처리할 것이다
두 쌍 대변 평행이니 평행사변형이다
공격하기 좋은 각
사각형 타격 입을 것이다
사각형 더 이상 형태 드러내지 못하겠지
무기 아상 허리에서 뽑아
숫돌에 놓았다
물 뿌려가며 아상 갈았다

날카로운 칼날 됐다
아상 사각형으로 진격한다
사각형으로 아상 돌격한다
평행사변형 귀퉁이 타격
정통했다
시원하다
통쾌하다
사각형을 이겼다

*

사각형을 격파하고 찔렸던 곳
아상에 재현된다
보이지 않는 도형이 격파한다
강한 도형은 누구지
발길질하는 도형 찾았다
사각형도 삼각형도 오각형도 아니다
어떤 도형 이런 무술 익혔을까
새로운 권법인데
아상 통증 심하다
예리한 아상 휘둘렀으나 도형 피했다

잽싼 도형이다
육각형도 칠각형도 아니고
누구야!
퍽 치고 나가는 도형 팔각형도 아니다…

나였다
내가 공격하고 있다
나 속 불성이 공격하고 있다
불성이 아상 처참하게 격파하고 있다

사각형 자연에 맡겼어야 하는데
사각형 자연의 눈 맞고 비 맞고 바람에 날리도록
마음의 침입자 사각형 불성에 맡겨야 하는데

*

마음 불쑥 새로운 도형 들어오면
흔들린다
지우개로 지운 희미하던 아상
또렷해진다
습관이다

흔적 없앴는데

전생부터 챙겨온 아상

불법 알고부터 아상 지우기 시작했다

비누로 빨아보고

흰색 페인트로 지워도

틈으로 기어 나온다

제초제 뿌려도

잡초 같은 생명력 아상

처절하게 지우는데 처절하게 기생한다

아상 마음에서 쫓아낼 수 있을까?

아상 지우기 평생 바친다

끈질긴 아상

슬프다

정진 무너짐 슬프다

*

-도솔천!

새 발 디디듯

아니 완전 다른 걸음

진지한 걸음

바르게 행동하기 그런 것이야
하나의 손 내밈
새로 배우는 걸음
어색하기만 한 행위
그러나
진지한 걸음
붓다 속으로 걸어 들어가는
정업淨業 내게 그런 것이야

~W!
석가가 왔다
그러나 말할까?
별을 인간 언어에 넣어
암흑물질을 언어에 담아
우주를 언어에 집어넣어
말할까? 지구인에게
많은 별들 기다린다고
많은 시간이 기다린다고
하늘 가득한 별 가리키면 알아들을까?
시간의 설법 하면 믿어 줄까?
선현천 무번천 행복 말하면 이해할까?

소정천 범보천 아름다움 상상시킬 수 있을까?
식무변처 공무변처 시간 공간은 어떻게 말할까?

*

-도솔천!
항구에서 배 기다리는 시간 편지 쓴다
BC6 친절한 선생님
AD21 마음 당신 설법 덕분에
늙음 호화로운 여행으로 눈 빤짝입니다
척박할 수도 있는 늙음
찬란한 별들 이름 말하며 벅찹니다

그러나 도솔천!
최종 목적지
도착하지 못하면 어쩌지?
광활한 우주
길 잃으면 어쩌지?
~W!
어떤 길 헤매던 그 길 끝은
종착역 -붓다와 하나-로 이어져 있다

빅뱅 하나의 붓다 억만 갈래 깨닫고 싶어 폭발한 거야
여행 암호 〈8정도〉
목적지까지 도달할 수 있는 암호 〈8정도〉

*

~W!
여행자는 땅에 집착하지 않는다
여행자가 땅을 떠난다고 슬퍼하던가
여행자는 새로운 땅에 허기진다
익숙한 땅은 떠나야 할 땅이다
새로운 땅, 떠남의 섭섭함 이기지 않던가
새 땅 신비, 익숙한 땅 이기지 않던가
익숙한 땅에서 영원히 사는 것 창조 정신 아니다
때가 왔다면 떠나는 것이다
악조건은 지옥 아니고 권태
권태는 깨닫는 상태 아니다

~W!
땅이 준비됐다
탱화 속 붓다

안전한 땅에 있다는 미소

탱화 속 붓다 미소는 지도다

탱화 속 미소는 암호다

새 땅으로 건너오라는

젖과 꿀이 흐르는

5. 바르게 생활하기

오각형에 집착한다
오각형은 각이 다섯 개, 면이 다섯이야
다른 법칙은 없을 거야
확신하면서도 오각형이 다른 수 숨기고 있을까?
매 순간 오각형 점검한다
오각형 내각의 합은 540도
내각의 크기는 180도 이내다
잠시도 놓을 수 없는 집착
새로운 법칙이 나오면 어쩔까
모든 선분의 길이가 같으면 정오각형, 한 각의 크기 108도
이웃하지 않는 꼭짓점을 잇는 대각선은 5개
다른 답이 현실이 될까 공포스럽다
다각형의 일종 정오각형을 작도한다
컴퍼스 자를 챙기고 점을 기준으로 원을 그린다
원 위 한 점을 골라 직선을 그린다……
……

집착이 하는 짓이다
집착은 쉬지 못한다

*

-도솔천!
생니처럼 꽉 박혀있는 〈집執〉이다
설득한다
마음에서 나가 달라고
개운치 않다
정명正命 위해 삼매 하지만
〈집착〉 대단하다
마음 식은땀 맺힌다
마음 투쟁 중이다

전생을 본다
〈집착〉 전생부터 해온 일을 하고 있다
실타래 이어오고
단순한 얽힘이 아니다
이생에서 순식간 얽힌 인연이 아니라서
인연으로 이어진 강렬한 끌림

〈집착〉은 그 일을 하고 있다
한 줄도 인연 없는 실은 없다
완벽한 만남이다 〈집착〉

인연이 여행 중이다
여행 그 자체가 중요하지 않고
인연의 만남 위해 길 떠난다
여행에서 만나는 전생 인연을 위해서
그걸 얻기 위해서
여행하고 있다
인연 만나기 위해 도솔천으로 아귀로
도리천으로 떠나고 있다
인연 장소 찾아서

*

-도솔천!
투쟁적 마음에 꽃 한 송이 심었다
전생 속죄하며 꽃 떨며 심었다
참선한다
물리적인 것은 없다

속죄 절실함으로 꽃에 물을 주었다
시들어진 인연 비틀어진 실타래
밝고 맑음으로 피어나라고
전생 꽃에 물 주었다

-도솔천!
꽃이 왔다
전생에서 온 꽃이다
전생으로 색칠된 꽃
꽃잎 갈래갈래 인연 새겨져 있다
창조 원리가 명도 채도를 내고
수억 가닥으로 뻗은 뿌리
한 가닥 뿌리에 내가 얽혀 있다
꽃 한 송이 피어서
억겁 인연 속을 걸어왔다

*

-도솔천!
정성을 다해 마음 만다라 그렸다
여행했던 땅과 들렀던 장소 만다라로 그렸다

다녔던 땅 맑아짐으로 빛나라고
정견으로 닦은
정사유로 얻은 마음 만다라를 그렸다
드릴 수 있는 것은 이것이니
만다라를 전생에 놓았다
밝고 넓어짐의 인연되길
둥글게 두루 갖춘
법신의 진실 세계
원형의 단
상하좌우 대칭으로
위대한 붓다들 그렸다
붓다들의 우주 만다라
전생 업 앞에 만다라 올렸다

*

-도솔천!
엎드린 늙은 영혼
젊음 다한 육체
머리 깎는다
머리라도 맑을 수 있다면

엎드린 마음

승복 입는다

허공 속 붓다 응시하고

마음 눈 커졌다

붓다에 청한다

인연 갈래 풀어 달라고

늙은 노인 떠남 재촉하는

뱃고동 울리는 시간

빛으로 만져달라고

군더더기 없는 공간

붓다와 나

정막한 공간

단순한 시간

지구에서 이렇게 집중했던가?

저절로 스님 되는

전생에 노승 드렸다

*

-도솔천!

석가가 왔다

이 시간 노인 위해

절박한 노인 위해

죽음 직면한 안절부절한 시간 위해

인연 길로 정처 없이 떠나는 공간

석가가 왔다

시간이 다할수록 스님이 된다

오로지 한 방향으로 돌아서

죽음, 위대함 앞에서

면벽한다

누구도 같이 갈 수 없는 길

떠나기 위해 최선을 다한 지구 삶

붓다 의지해

사방 물리고

단단하게 가는 것이다

6. 바르게 정진하기

붓다의 마음으로 도형을 본다
공空 속 도형 인연에 따라
직각삼각형 정삼각형 마름모 36각형 직각사각형……
사라졌다 다시 팔각형
원이 되기도 하고 각을 세우기도 하고……
외계 행동을 한다
시간 따라 공간 따라 변하는 도형 본다
세 점이 인연이 되면 삼각형
네 직선 인연으로 만나면 사각형
일곱 직선의 인연으로 칠각형……
이생에서 여덟 점을 만나 팔각형으로 살았고
전생엔 다섯 선을 만나 오각형으로 살았다
다음 생엔 몇 개의 점과 선을 만날까?
'나'를 주장하는 아상 없다
주장할 '나'는 없다
수 없는 인연으로 각이 되고 선이 되고 점이 되고……

도형에 집착하지 않는다
초연히 본다
우주의 본질-불성-에 아상을 맡긴 것이다
인연을 찾아 길 떠난다

*

-도솔천
아무도 만지지 않는 시간과 공간
전화벨도 울리지 않는 영혼
지구에서 정진할 수 있는 시간
늙음, 시간을 선물한다
33천과 친해진다
마음 지구에 갇힐 존재 아니니
지구만이 집이 아니지
아무도 건드리지 않는 영혼
늙음은 떠날 순간이 오면 기쁘게 떠나라고 재촉한다
지구 일원에서 소외시키고
떠나야 하는 이유 들이대고
질척대지 말라고
홀대하는 지구

온기 없는 시간
물기 없는 공간은
33천으로 떠나라는 뱃고동이다
시간 다했다면 마음을 위해 배를 탈 것이다

*

-도솔천!
마음은 가방 들고 33천 돌고 있다
중생의 말 끊은 지 오래
가부좌할 힘이 없어 소파에 누워
마음 허공을 날아
선정하는 하늘이다
육체는 아파트 안이지만
마음 별 속 날아다닌다
영혼은 이미 그곳에 가 있고
비로자나불 모든 땅
화엄에서 말하던 많은 땅
법화경에서 말하던 많은 시간
만지고 있어
여행은 시간 공간이 필요하다

붓다와 하나 되기 위해

색계 18천 빛 보낸다
“우린 별 아니야
암흑 물질이야
세계가 열리고 닫히는 빅뱅에서도
흔들리지 않고 자리 지키지
빅뱅의 바탕 암흑물질
별들이 그릴 그림 도화지로 있을 거야
억겁의 시간 동안”
무색계 4처도 빛 보낸다
“나는 어디나 있을 수 있어
별에도 암흑물질에도
공간 제약 없어
수명 8만 4000대겁까지”

*

-도솔천
어디로 갈까?
비상비비상?

공무변천? 식무변천? 아니 도솔천?

~W!

영혼 더 깨달을 수 있는 곳으로

바르게 정진할 수 있는 땅으로

목적지는 깨달을 수 있는 별

지구도 나쁘지 않은 땅이야

아픈 청춘이었지만 깨닫는 노년이잖아

지옥에서 비상비비상까지 여행

마음을 위한 땅

깨달음을 위한 우주

*

~W! 석가는 말하지 않았어

세상 기쁨이라고

인정했다 고苦

고통의 땅

그러나 해독제 주겠다

8정도

8가지 처방전

생로병사에서 탈출시킬

고통에서 해방시킬
비행선 8정도 몰고 왔다
죽음 앓아본 동병상련 마음으로
같은 처지 석가에
지구인 설득 당했다
지구 철로 된 새 날고 있고
붓다 암호 -철로 된 새- 날고 있는 지구
시간이 온다면
비행선 8정도를 몰고 갈 것이다

*

-도솔천!
마음은 배를 타고 항해한다
익숙한 일이야 떠남
변정천 무량잔천 범보천
항구마다 손짓하는 우주
기억난다 색구경천
여전하네 광과천! 소정천! 범종천!
도리천 정원 환희원에 취했었고
죽음마저 잊었지 3600만년 동안

92억 1600만년의 타화자재천

야마천 수담마라 법당에서

사난꾸라마 법문 듣고

1억 4400만년 정진을 놓지 않는 법

연마했었지

도솔천

땅들이 부르고 있어

7. 바르게 깨어있기

순식간이다
순간에 스치는 칠각형
강도가 철통같다
곁을 지나가면 찬기가 분다
전생부터 형성된 칠각형이다
단단함이 쇠 같다
방어의 눈초리 매섭다
어떤 질문이 와도 해치울 태세
'난' 이러하다
'넌' 이러하다
어떤 도구가 와도 깰 수 없는 칠각형
그러나 붓다의 금강경
반야의 경을 칠각형에 비췄다
철갑 칠각형이 신기루로 이슬 거품 구름으로 변해갔다
실제했던 칠각형이 다 꿈이라고
강철 칠각형 속에서 붕괴했다

스스로를 이기지 못하고 쓰러졌다
금강의 도구는 칠각형 치지 않았다
칠각형 스스로가 답을 얻지 못했다
반야 깨달음으로 칠각형을 본다
칠각형에 거미줄처럼 엮여있는 인연을 본다
우연이라곤 없는 초 과학
무수한 줄들이 사방, 팔방, 아래, 위로
조직적인 상태
비집고 갈 틈 없이
산소 수소 탄소…… 하나도 계산돼 있다
초우주 공간이다
우주 행성들도 인연으로 구성돼 있다
인연의 과학이다
물질 파고 들어가 보면 반드시 존재 이유가 나온다
공기 한 조각도 이것이 있어서 저것이 있다

*

~W!
석가가 왔다
성불成佛의 존재 알리려

진화할 엄청난 마음 알리려

지구 미약한 땅이지만

시간 공간 알리려

허공에 기다리고 붓다들

붓다들 빛

광대한 세계 속 빛

티끌 속의 우주

우주 속 무수한 붓다와 보살들

허공, 허공 속 티끌, 티끌 속 우주… 알리려

생로병사에 전멸할 지구인에게

8정도 약 들고

해탈하는 명약 들고

적멸에 드는 백신 가지고

성불하는 항체 가지고

*

-도솔천

8정도 만난 후

단어마다 뜻 새로 새겼다

고苦의 마음 꺼내 도道의 마음으로

뜻 입혔지

새 마음은 새 하늘 새 땅 되었어

수행자의 길이였어

~W

석가가 왔다

시간 넘어 공간 넘어 광활한 설법

도리천 타화자재천 아수라 비상비비상……

모든 땅 생로병사 열쇠 필요했어

고苦 탈출할 열쇠

순례자 손에 티켓 쥐여주기 위해

우주 탐험 티켓 8정도

*

-도솔천

석가와 예수 마호메트

지구에 같이 설 수 없는지

깊이 박혀 있는 세 세계

한마음에 담을 순 없는지

~W! 네 마음

-도솔천!

딜레마 투하됐다
지루한 딜레마 제거 날들
제거돼도 상처 흔적으로 남을 거야
예수와 붓다 마호메트 한 곳에 놓는 건 불가능인지
긍정과 부정 대치는 오래갔어
많이 상했다
마음 아픔은 몸에도 상처를 냈다
지리한 싸움
절절한 물음
-도솔천!
의외의 상황에서 안도했다
예수도 붓다도 마호메트 끝없이 사랑 메시지 보냈다
대답 대신 사랑 빛만
상처 짓무른 곳 보낸 사랑의 빛
오래 답 기다렸는데
대답은 사랑의 빛
세 곳에서 온 사랑의 빛 하나의 빛 됐다
아니 처음부터 한 곳에서 온 빛이었다
사랑은 하나였고
상한 마음 치료하기 시작했다
골방에 쓰러진 마음 빛으로 맑아졌고

빛 폭탄 제거해 주었다

세 개의 이름-단지 이름- 하나의 빛으로 섰고

세 세계가 좁디좁은 마음에

깊이 뿌리 내렸고

창백하던 마음 생기 돌았다

우주 바로 서면서

고전하던 마음 우주에서 당당했다

~W! 네 마음

*

~W!

'난 누군가?' 끝없는 물음에

석가 답하러 왔다

'어디서 왔고 어디로 갈 것인가?'

영원한 물음에 답하러 왔다

하나에서 왔고

하나가 되러 갈 것이다

-도솔천

마음의 장소 33천

마음의 시간 800만억 나유타 겁

8정도 근육이 되고 실핏줄 될 때

마음 33천 여행한다

나유타 시간만큼 갈 것이고

나유타 시간으로 여기까지 왔지

마음 기회의 땅

8. 바르게 삼매하기

-도솔천!

환희에 찬 동그라미 그리기까지

삼각형 사각형…… 수많은 도형 마음에 그렸다

상처도 나고

흉터 남겼지만

원하는 동그라미 나올 때까지

원 둘레 팽팽하도록

반야지혜 가득한 동그라미 그리기까지

-도솔천

늙은 중

시원하고 화통하게 쭉!

직선 긋는다

마음 크기 잰다

쭉!

단숨에 원 그려본다

충만함이다
우주 끝과 끝
쭈욱!
한숨에 이어본다
마음 확인한다
무명無明은 없다
석가의 세상이다
생로병사 넘어선 것이다
그 땅이 어디든
쭉!
시원한 원圓 하나 그리고 간다

*

-도솔천!
늙은 중
사선 맞춰 본다
쓱!
길이 몇 겁인가?
많이 컸구나
기특한 마음

숙성된 마음 넘친다

석가가 가르쳐준 마음

붓다가 있는 땅 혹 없는 땅 거치며

마음 채웠다

쓱!

우주 사선으로

쓱!

선 하나 긋고 간다

*

-도솔천

늙은 중

두 팔로 챙겨본다

우주 정리해 본다

탁! 탁! 탁!

두 손으로 간추리고

넓이 재본다

마음 크기

8정도로 다스린 마음

어디에서 왔고 어디쯤 왔고

어디로 갈 것인가
탁! 탁! 탁!
두 손으로 마음 간추리고

-도솔천!
엎드린 늙은 중
얼핏 석가의 눈 봤다
흐른다 석가의 자비
자비에 감전된 마음
자비에 전율된 늙은 중
엎드린 늙은 중 가피 넘친다
늙은 중 자비로 깨닫는다
삼매로 굳은 몸
허공 응시하는 눈
눈동자 움직임 없다
미동하지 않는 육체 속
숨 끊어질 듯한 육체 속
이루어지고 있다

*

–도솔천

이루어지고 있다

죽어가는 육체 속 에너지 모으고 있다

마지막 사력 에너지 끌어내고 있다

숨 끊어지도록 한곳에 모은 에너지 8정도로

〈십지〉 도전하는 것이다

석가가 온 것이다

거의 떠난 육체 속

즐거움 넘치는 환희지 얻은 것이다

푹 들어간 눈동자 허공에 바라춤 춘다

격렬한 바라춤이다

겉으로 상상할 수 없는 일

번뇌 더러운 때 버린 이구지 도달했다

전생 인연 씻어내고 깨끗한 노승 앉아있다

허공 응시하는 움푹한 눈

깨끗한 허공 마신다

죽음 순간 늙은 중 붓다 미소 띄운다

피폐한 늙은 중 세계 실상으로 보는

발광지 도착했다
욕망으로 보던 출세 목마른 눈 없다
위대한 교과서 죽음 앞에서
실상 있는 대로 보는 발광지 얻었다
아무도 없는 공간 홀로 죽는 늙은이
허공 친구들 가득하다 도솔천!

늙은 중 다 타버린 육체
소진한 육신 속 허공 처절히 지혜 불꽃 타오른다
땅을 넘은 초라한 육신 속에서
빛이 타오르는 염혜지 도달했다 도솔천!
무소의 뿔처럼 혼자 가는 늙은 중
혼자가 아니다

바람에 날려 가는 육신
마음은 좌절하지 않는 난승지 올랐다 도솔천!
겉과 속이 반비례로 팽창하고 있다
허물어지는 겉, 충만 하는 속
버티는 노승

죽음의 힘 빌어 반야보리 자리

현전지 도착했다
도착했다 늙은 중을 맞이할 마음들
도착했다 늙은 중 데려갈 마음들

노승이 죽음 지팡이로 의지해
미혹 세계 넘어 멀리 왔다
원향지

노승 감긴 눈 수행 완성되는 흔들림 없는 보살행 얻었다
부동지

노승 숨을 멈추며 지혜의 완성
붓다 세계와 하나 됐다
노승 법운지 완성했다

고요하다
노승 여행 떠났다

02

⁂ 마음 · 수.상.행.식.

■ 머리말

소파 구석에 앉아서

지구 속에선 생경한 현장을 목격한다

중요한 현장 검증이였으며

마음에 신랄하게 박혔다

아! 마음이구나

더 이상 마음 아프지 않겠구나

보았다!

멀리 날아가는 마음을

그리고 붓다와 내가 하나라는

들어도 들어도 내 것이 되지 않던 불법

아! 이해하고 말았다

시선 멀리로

마음

우주 날아다녔고

well being well dying

마음이 알아야 하는 화두

를 위한 시간을 주고 있다 corona19
corona는 경제 사회… 변화시키겠지만
지구인 우주를 바라보는 마음이 먼저다
무서울 것 같던 서늘한 우주는
집이었다
마음 비로소 안정을 찾을 것이고
경직돼 새파란 입술은 지구 구석에 처박혀 있었다
corona 인간이 마음으로 탈출하기 원한다

corona 육체를 가둬 놓았지만
　　　마음 우주로 풀려났다

1. 바르도

들숨 들이쉬며
마지막 들숨임을 알았다
수.상.행.식. 관찰하고 있다
다 왔다
들숨이 남아 있을 때
그렇다 완전한 죽음 아닌 상태로 투명한 빛 봤다
수.상.행.식. 집중하여
빛 따라가면 된다
집중! 일상 경험과 같다
전설로 듣던 살아서 성불하는 것
기막힌 순간이다
정수리로 마지막 숨 나갈 때
수.상.행.식. 숨을 잡고 가는 것이다
수직 통로로 마음 본성에 수.상.행.식. 도착하는
마지막 날숨 내놓기 전
수.상.행.식. 죽음 겪지 않고 근원으로 가는 법

그러나 그것이 목적 아니다
흥분 겪으면서도 수.상.행.식. 관찰할 뿐이다

*

바르도 만나고 싶다
안다
수많이 만났다는 걸
도솔천 도리천 동물계 지옥 갈 때……
바르도 거쳐 다녔다는 것을
그렇게 많이 사용한 순환역이면서
횡설수설 수.상.행.식.
다른 땅은 안다 인간계 천상계 아귀계……
오래 머물러 봤으니 수.상.행.식.
순환역 바르도는 존재인식도 못하고 빠져나왔다
이번엔 성불도 천상계… 도착역 관심 없다
바르도 49일 관찰하고 싶다
죽음에 경황 뺏겨 이 땅 알지 못했다
쫓겼고 안타까웠고 진저리치다
땅을 지나쳤다
마지막 날숨 날아가면서 죽음 왔고

바르도에 왔다 수.상.행.식.

지구 노년 결심했다

수.상.행.식. 최대치 집중 바르도에서 사용되는지

지구 마지막 한 일이라곤 그일 뿐이다

바르도에서 사용될 마음관찰

수억 윤회로 우주

수.상.행.식. 땅임을 알았다

그러나 바르도는 모르겠다

*

외부조건 중시되던 지구

무시했다

외부 들어오지 못하게 했다

없는 것들이다

수행 방해일 뿐이다

수.상.행.식. 동굴 삶이였다

자르고 차단하고 절제했다

마음 보기 위한 조치다

수.상.행.식.만 연구했다

이번 생 걸었다

바르도 얼굴 보기 위해
파드마삼바바로 얼핏 들은 바르도
수.상.행.식. 단련시켜 탐방하게
가져갈 수 있는 탐험 장비 수.상.행.식. 뿐이다
가져갈 다른 것은 없다
많이 해본 처음의 모험이다
D-day 기다리며 장비 챙겼다
탐험 목적이 성불이 아니다
모두들 성불 장비를 꾸리는데
성불이 아니다
궁금하지도 않다 성불
좋겠지! 성불!

*

바르도
우주 주인 비로자나불 마중 나왔다
성스러운 마중
우주 본질 짙은 푸른색으로 거역할 수 없는 유혹
마음을 부르는 방법이다
버틸 것이다

우습다 성불을 버티다니 수.상.행.식.

비노자나불을 거부한다

쉽지 않은 푸른색

안다

짙푸르게 빛나는 빛 내 마음 한구석에 있던 빛

왜 지구에서 사용하지 못했을까?

수.상.행.식. 고개 돌린다

아래층 존재들이 아프다

아수라로 헐뜯던 관계

아귀로 허덕이던 공간

동물계로 무지하던 시간

수.상.행.식.에 박혀있다

*

"바르도! 미워했어

증오했어 지구를

지구 시스템으로 돌아가는 현상들

지구 뒤덮은 감정 상태

마지막에 알았지

내 마음이란 것

지구에서 할퀴어 놓고 온 마음들
축축이 남겨놓은 부정성
두고 온 폭력성
흉건한 슬픔
전쟁통 아이들
기아에 팽개쳐둔 생명
바르도에 서서 지키고 싶어
분노 쌓인 마음 오면
좌절 각인된 마음 오면
충격 얼룩진 마음 오면
두 팔 벌려 마음 잡고 싶어
바르도 날 받아줘
네가 되고 싶어
이 땅에 머무르고 싶어
절실한 땅에서
지구에 남겨놓고 온 마음 기다릴 거야
밑층으로 가는 마음 설득할 거야
이제 천상으로 가라고
바르도가 되고 싶어!"

"W! 정신 차려!

바르도는 머무는 땅 아니야!

지나치는 땅이야!

W! 다른 땅을 선택해!

그 땅에서 보시하면 되잖아!"

*

물 눈부신 흰색

흙 화려한 노랑

공기 초록

불의 붉은색

색으로 유혹하는 신

수.상.행.식. 고향 돌아오라고

타향살이 그만 두라고

수.상.행.식. 아버지 냄새 숨 막힐 뿐

다가가지 못한다

자상한 神 자기 마음에서 나온 것을

하나인 것

바로 나인 것

수.상.행.식. 알면서도 웅크리고 있다

바르도 용기 한 조각 던지지 않는다

땅 빌려줄 뿐
한 일 그것이라는 듯
결정하길 기다리는 방관자 바르도

*

덩어리진 수.상.행.식. 본다
감당을 못한다 –빛–
사양한다
–빛– 황송한
숙이고 자책에 묻혀있는
성불! 편치 않은
바르도 스케줄 기다리는
심각하고 우울하고 후회하는
환생 결과 기다리는 수.상.행.식.
팍팍한 지구였지
바르도 예습하기엔
삼계가 불타는 집이라고

행선지 신神의 결정이 아니다
수.상.행.식. 정하는 스케줄

바르도 구조
수.상.행.식. 금의환향 고향 갈 상황 아니다
타지에서 할 일이 남았다

*

"분노의 신
바르도! 그 신神도 버틸 거야
알아! 바르도
평화의 신 절박한 마음으로 설득하는 것
분노 가면假面 속 평화 신
협박해서라도 수.상.행.식. 성불 땅으로 가게
그 신도 거절할 거야
지구서 분노가 분노 신들보다 강했기에
분노 신 내 마음에서 나온 흉측한 모습이란 거
윤회 거울 기억나는 악마 얼굴
그 얼굴로 들이 된 지구 상처들
바르도 모여들겠지
하층 어슬렁거리며
난 분노 신을 마음에서 꺼내
살벌하게 으르렁거릴 거야

무섭지! 못가!

기괴할수록 슬퍼

해괴할수록 사랑해

잔혹할수록 서글퍼

피 가득한 해골 들고

흉측할수록 처절하다

아홉 개 눈을 부릅뜬 채

눈썹 번개처럼 떨며

으하하! 날카로운 휘파람 불며

으하하! 절절하게 사랑하고 싶다 바르도"

*

암마라식까지 허락된 곳

현명한 상태에서 갈길 선택하라는

바르도 땅도 신神의 사랑

숨겨져 있던 존재

바르도에서 육체 벗은 본체 본다

지구 수행에서 열병하듯 관찰하던 수.상.행.식.

바르도에서 레이더로 쓸려고

수.상.행.식. 비밀 병기로 살았다

돌격부대 수.상.행.식. 이끌고 사선 넘었다
수.상.행.식.에 쌓인 DNA로 방 배정받는 곳
수.상.행.식.의 도시
바르도 시스템

*

마지막 바르도
인간계 지옥계 아수라 아귀…… 열차 기다리는 역
환승역에서 보여줘야 하는 PASSPORT 수.상.행.식.
바르도 설계 마스터키
우주 어디에나 통하는 언어
스승 석가 수행법과 같다
천상 신비로운 땅도 입장료 수.상.행.식.
밑층의 기괴한 세계도 티켓 수.상.행.식.
바르도 GATE 본다

*

"바르도 왜!
지옥계 아귀계 아수라, …로 돌아갈까?

이겨야 했고 짓밟았고 짓밟혔어

인간계 구조잖아

수.상.행.식.

힘든 땅이잖아

짙푸른 빛

사용하기 어려운 땅

어두운 흰색, 푸르스름한 노랑, 검은 초록…

컴컴한 색 넘치던 땅

바르도! 수.상.행.식. 지구로 돌아갈래

탱화가로 일생 사는 자궁 선택할래"

"네 마음 W!"

"평화의 신과 분노의 신 그릴 거야"

"네 마음 W!"

2. 삶

식. 수.상.행. 제어 못하고

수.상.행. 식. 믿지 못한다

식 붓다 잃고 부터

수.상.행.식. 이상하다

화창하던 때

수.상.행.식. 단정하고

체계 신속했다

팀 수.상.행.식.

#이 마음 들어오면 수. 상. 행. 접수하고

식. 판단 내렸고

행. 상. 수. 처리했다

수.상.행. 이해 못하는 &이 들어오면

식. & 붓다 앞에 놓았고

붓다 이치 맞으면 수.상.행. 수긍했다

*

묘한 상황

외계물체로 의심했으나 지구 물체다

수.상.행.식. 지구 물체지만 처음 보는 물질

수. 허둥지둥 상에게 던졌고

상. 생소해 하는 행에게 보냈다

식. 담판 지어야하는데

판단 보류

식. 구석 밀어놓고

식. 물체 본다

명석한 팀장인 줄 알았던 식.

수·상·행· 결과 기다렸지만

분석만 하고 있다

수.상.행.식. 난감한 문제에 좌초됐다

−남자−가 온 것이다

*

식. 물질 −남자− 붓다 앞에 내놓지 않는다

식. 신성한 붓다와 −남자− 낯설다

식. 숨기고 싶다

식. 덮었다

탱화 그리는 수행 시간

수행 익어 가는 중

막역한 사이였던 붓다와 수.상.행.식.

비밀 생겼다

수.상.행.식. 탱화를 붓다 몰래 그리는

수.상.행.식. 비상 상태

불쑥 다가온 물질

겪어보지 못한 물체

허무맹랑한 존재

식의 판단

수.상.행.식. 눈 감았다

지나갈 것이다 물질

물질은 지나갔으나

수.상.행.식.에 흉터 남겼다

*

행.식.수.상. 상.식.행.수……

수.수.상.상. 상.상.상.행. 식.상.식.식. 행.행.행.행……

엉켜버렸다

붓다와 상처 상의해야한다

식. 그러나 강행했다

"수·상·행. 빼고 색만 움직여!"

식.의 절규

식. 갈라진 소리

식. 결절된 성대

수.상.행.식. 팽개치고 색만 매달렸다

수.상.행.식. 없는 색만으로 그린

그림 찢고

수.상.행.식. 찢기고

찢어진 시간

찢어진 공간

*

고장이다

수.상.행.식. 무너지면서 색. 까지 주저앉았다

오온-색.수.상.행.식.- 다 부서진 거다

마음속 이물질

기계 정지시킨 범인

사건 일으킨 강도

수색 들어갔다

군견으로 뒤지고 수.상.행.식.

후레쉬 수.상.행.식. 비췄지만

CCTV 확인했지만 범인

없다

수.상.행.식.에 존재하지 않는다

군견 냄새 한 조각 찾지 못했다

수.상.행.식. 속

붓다도 없다

*

강도 침입으로 행동한 건 수.상.행.식.

기계 테러당했다고

수리 요구하고

도구상자 펼쳐 놓고

너트 나사 풀어

기계 해체하고

펜치 대패 바이스…… 널어놓고

고장 원인 외부물질 아니고

내부 잘못이다

범인는 수.상.행.식.

물질 남자 "안녕" 인사에

식. 철통보안 명령

위대한 투쟁 탱화에

도전하는 물질인 줄 오인하고

강제 진압

적군 향해 오발탄 난사했다

불쌍한 결과

총알은 아군에 피해 입혔다

수. 복부 2발, 상. 다리 골절, 행. 어깨 파열

식. 파편 박혔다

수.상.행.식. 오류 결과다

*

괴물을 만들어

침입 당했고

농락 당했다는 식.

수.상.행. 팀장 식 묵과할 수 없다

수.상.행. 쿠테타

팀장 식도 수.상.행. 밉다

엉뚱한 보고서 내민

군법회의 넘길 건 수.상.행.

내부분열 수.상.행.식.

수.행. 행.상.수. 식.수. 상.상. 수.행.식.

겹치고 절교하고……

수.상.행.식.. 이상 불면으로 표출했다

불면은 수.상.행.식. 악성 질병이다

알코올 집어 수.상.행.식.에 뿌렸다

안다

알콜이 헝클어진 오온 정돈할 수 없다

헝크릴 뿐이다

수.상.행.식. 잠이라도 해결하길

알콜에 잠을 부탁했다

*

수.상.행.식. 후유증

증세 시달린다

시간을 잃았다

약이 필요한 수.상.행.식.

알코올 널브러졌다

알콜 수.상.행.식. 구겨놓기만 했고

알콜 냄새만 진동했다

강박증 진단받은 수.상.행.식.

약 처방된 수.상.행.식.

잠들기 쉬웠다

약에 취한 수.상.행.식.

해괴한 시간이다

환멸의 시간

수.상.행.식. 약을 먹어서인가

붓다를 기억하지 못한다

*

수행을 잡았으나

수. 떨고 상. 무섭고 행. 공포 식. 절규

불안증 처방 더한 수.상.행.식.

불안 이유 물었지만 "그냥"

"그냥"이 수.상.행.식. 증후군이다

남자란 흔적 없는데

과대망상 처방까지 받은 수.상.행.식.

저주스러운 시간

바르도서 굳세게 자궁으로 뛰어들던

선택이 역겨웠다

비장한 결심 비참한 결과

왜 자궁으로 왔을까?

후회가 수.상.행.식. 할퀴고

수행 놓쳤다

붓다도 놓쳤다

*

–바르도!

수.상.행.식. 헝클어짐 전체 의미 되고

헝클어진 덩어리로

탱화 그릴 수 있을까?

~불성을 믿어

수.상.행.식. 포기하지 마

–불안 수.상.행.식. 태워

불성이 불 꺼주길 바라지만

~윤회의 씨앗 기억해

윤회의 갈림길

인생의 증명사진 수.상.행.식.

-바르도! 윤회 예감 좋지 않다

~W!

바르도에서 결심 잊지 마!

*

수. 상. 행. 식. 뚝뚝 떼서 던졌다

자유자세 수. 상.....행. 식......

전시상황 전군비상....... 말만 듣던

수행 중 개별행동 수 상 행 식

비상도 아니고 계엄상태 아닌 수**** 상@@@@행//////식,,,,,,

단체규칙 얽매이던 수.상.행.식.

수""상""행""식"" 불만 쏟아진다

흙탕물 수:::::상:::::행:::::식:::::에 있다

흙물 수(((((상_____행_____식----- 쏟아내면서

수!!!!!!상!!!!!!행!!!!!식!!!!! 흙 튀기며

진흙탕이다

수;;;;상;;;;;행;;;;;식;;;;;;; 토해도 나오는 흙탕물

얌전하던 수....상...........행..식......... 속 토사물

흙탕물에 빠졌다

*

실상을 본다

수.상.행.식. 강압통제가 흙물 됐다

수행이 아닌 강제로 구겨 넣은 수.상.행.식.

흙탕 공황장애가 왔다

바르도 때 다가오는데

서러운 시간

해답 없는 공간

통곡 쏟아졌다

흙탕물 속에서 원초적 울음

"엄마!" 적나라한 울음

말초적으로 울었다

식. 상. 붙들고

수. 행. 부둥켜안고

수.상.행.식. 무식하게 통곡하는 것 외 없다

수.상.행.식. 부어터지게 울었다

*

약 투입된 수.상.행.식.

약 흡수될 때까지 따가운 물질 보낸다
수.상.행.식. 병세다
쓰리다
약이 멀리서 가라앉힌다
약이 제압할 것이다
난동 무뎌질 것이다
약 지시대로 고요할 거다
수. 벌떡이다 주저앉았다
식. 군중행동 않았다
행. 마취되고
상.수. 침묵
된 것이다 수.상.행.식.
약이 종료시켰다

*

약에게 배운 건
불안은 무시하는 것
시간이 필요했다
불안 섬김만큼 무시한다
없는 존재를 형상으로 만들었고

불안을 살았다
산 시간만큼 시간 소요됐다
인과다
수행 계속 됐고
약은 든든한 아군이다
불안 지워주는 인연
인연 아니면 어떻게 마칠까
인연이 모여 완성한 인생
불안보다 먼저 아파하던 인연
불안 제압하기 위해 모이던 인연
수.상.행.식. 수행 도와주던 인연

식. 명령체계 정비하고 행.상.수. 신뢰 회복했다
실체 본다
붓다 세계다

*

수.상.행.식. 담긴 탱화 기다린다
화선지 쌓아 놓고
평화 신 가득하길

탱화 보시 열망

붓이 떨고 있다

절방 나왔다

수.상.행.식. 위해 그림을 놓았다

그림을 위해 그림을 놓았다

백지 화선지 두고 산과 들 들인다

빈 물감 종지를 두고

강과 호수만 들인다

*

수.상.행.식. 평화의 신神 형태 떠올렸다

신의 형상 그리다니!

중압감

방을 나왔다

자연에 중압감을 털었다

수.상.행.식. 자연에 의지하여

방문 열었으나

이번엔 방안 가득한 긴장감

급하게 방문 닫았다

그러나 방문 닫으며 알았다

허탈감 파고들 것이다

중압감 힘들지만 허탈감도 강하다

허탈감으로 시간 살 순 없다

방문 열었다

허탈감이 방안으로 밀었다

긴장 방안 가득하지만

방 밖으로 나갈 수 없다

방안에서 결단해야 한다 수.상.행.식.

탱화는 절실한 기도고

천배 다리가 없다

이천 배 팔이 무뎌간다

삼천 배 색.이 없다

색. 온전히 없다

유일하게 남은 수.상.행.식.

수.상.행.식. 뿐이다

*

색깔은 수.상.행.식.에서 나왔다

쏟아지는 푸른 색

별들과 오던 푸른빛

충격적이던 색깔

별 사이 수.상.행.식. 날아간다

수.상.행.식. 외계행동

외계 행위한다

외계 고향

전설로 듣던 고향 직감했다 수.상.행.식.

윤회에서 해방된 수.상.행.식. 고향

전설의 땅을 바라보는 수.상.행.식.

사기 종지 푸른색을 짰다

수.상.행.식.에서 푸른 별들이 쏟아진다

수.상.행.식. 고향이 쏟아졌다

사기 종지 가득한 고향

짙푸른 비로자나불 색

*

수.상.행.식.

평화의 신 앞에 있다

바르도에 온 것이다

바르도에서 4B 연필 깎았다

바르도 맑은 기운으로 깎은 연필

감촉 느낀다

평화 신 느껴졌다

화선지 길게 만진다

평화의 신 화선지 안에 있다

바르도에서 연필 잡았다

화선지 위로 연필 다닌다

연필은 수.상.행.식.이다

수.상.행.식. 선線 되었고

형태 되었다

붓 색깔을 들었다

색깔 칠해지고 있다

물감이 칠한 색이 아니다

수.상.행.식. 뿜어져 나온 색이다

수.상.행.식. 속 평화가 꿈틀꿈틀 나와

화선지에 스며들었다

막막하던 백지에

수.상.행.식.의 평화가 옮겨와

평화 신이 됐다

사자 왕자에 앉아

손에는 여덟 개 살을 가진 바퀴를 들고

우주공간 어머니 껴안고 있는 비로자나불

*

바르도 분노 신 앞에서

수.상.행.식. 속에 있던 분노 불렀다

신랄한 분노 필요하다

처절한 분노 절실하다

수.상.행.식. 다 뒤져

고약한 분노로 분노 형태 그렸다

쓱쓱쓱 거칠게

누구도 다가올 수 없는 시간

홀로 감당할 공간

분노가 죽죽 흘러야 바르도 중생 알아볼 것이다

진정성 없으면 중생 설득할 수 없다

마지막 분노 짜냈고 수.상.행.식.

영혼 부르기 하고 있다 수.상.행.식.

딸랑딸랑 분노야 모여라

험악한 분노가 그림 장악하도록

빈틈없이 분노 점령하게

얼굴 일그러졌다

흉측한 얼굴

분노 일그러트린 얼굴
화선지에 분노를 칠했다
붓질마다 분노 질척질척 묻어난다
머리가 셋이고 여섯 개의 손과 떡하고 버틴
네 개의 다리를 갖고 있다
오른쪽 얼굴은 희고 왼쪽은 붉으며 가운데는 짙은 갈색
몸은 화염을 내뿜고 아홉 개의 눈은 부릅뜨고
툭 튀어나온 이빨들은 서로 맞닿은 채 번뜩이고 있다
주황색 머리칼은 곤두서서 광채가 나고 있다
분노가 쏟아져 화선지에 담겼다
수.상.행.식. 분노가 화선지에 간 것이다
수.상.행.식. 분노의 DNA까지 화선지에 붙었다
"분노 신 몽타쥬!
바르도에서 놀라지 마세요
탱화 보고 마음을 읽으세요
바르도에 도착하면
신들 마음으로 읽으세요"
하나로 읽을 것이고 바르도 두렵지 않을 것이다

*

아침

수.상.행.식.

눈 뜨면 챙기는 존재

눈 맞춘다

하나하나 인격체

덩어리 아니다

예민한 녀석들 수.상.행.식.

윤회에 쌓일 지문들

붓다 앞에 보여야 할 문서들 수.상.행.식.

태어날 때 가져오고 죽음에 가져가고

정돈된 수.상.행.식.

본래 부처 모습

~W! 수.상.행.식. 속 윤회 씨앗 말랐구나

선한 종자 싹 틔울 것이다

인과 거미줄 보이고

무상의 외부현상 무아 내부현상

법으로 받아들였구나

우주 허상이다

수.상.행.식.만 실존한다

수.상.행.식.이 그린 우주다

-바르도! 오온 수행 중일 때
무상 무아가 온다
오온 무상 무아와 놀고 있다

*

삶 살았다
살아냈다 삶
수.상.행.식. 억척스러웠다
죽음 역시 살아내야 한다
죽음 살기 위해서도 억척스러워야 한다
전생 기억 못 하는 수.상.행.식.
늘 하는 처음 죽음이다
삶 처절했듯 죽음도 그럴 것이다
죽음도 망치고 싶지 않다
바르도 기다리고 있겠지
산속 깊음 속으로 갈 것이다
인연 정리하고
인연들에게 행선지 말한다
-바르도에 갈 것이다-
트렁크 속 수.상.행.식. 확인하고

별을 본다

죽음의 지도

멀다

별의 주소 포켓에 넣고

지구 시민 아니다

색.의 주민증 산속에 버렸다

별의 비행기 오고 있는 산속으로

새로운 인연들 올 것이다

새로운 만남 위해 깊이 들어갔다 색.수.상.행.식.

*

모두 곁을 떠나기 전

홀로 남기 전

미리 떠나온 산속

고독한 나무 밑

늙음 할 일 한다

죽음 삶이다

죽음 수행 들어갔다

식. 색.수.상.행. 집합시켰다

죽음 이야기하자

색.수.상.행. 펄쩍 뛰었다
특히 색. 받아들이지 못했다
"죽음은 육체 가지고 가지 않는다
내 뜻 아니고 죽음 뜻이다"
색.을 설득했지만
색.은 분노했고
수.상.행.식. 덩어리에서 떨어져나가
소멸해버리는 처지 오열했다
수.상.행.도 동조했다
동지 색을 잃고 상상할 수 없는 곳으로 떠남
삶보다 충격이다
삶의 반대 방향 행선지에 실소한다 수.상.행.
식 "반대 방향이 아니고 같은 방향이라고
색이 갈 수 없는 땅이지만
죽음은 삶의 완성이라고
죽음을 마쳐야 삶이 끝날 거라고……"
죽음 그곳은 어딘지
살아낸다고 죽어낸다고 삶은 무얼까?

*

수행 바르도 49일
눈 감은 채 우주 본다는 건 사실이다
우주 수.상.행.식.에 들어있다
죽음, 급박한 상황 아니다
죽음이 노크하면 문 열고 들어간다
내 땅이다

색. 포기로 돌아섰다
색. 고장 난 상태고
먼 길 가야한다는 말에 "안녕 수.상.행.식."
색. 남겨지는 전투병처럼 비장했다
남겨지는 색.
두고 가는 수.상.행.식.
죽음 무엇인지
죽음 읽을수록 어렵다
색다른 땅

*

식.은 다시 팀장 됐다
수.상.행.식. 탐험대 꾸렸다

탱화 때 본 바르도 떠올리게 했다
평화의 신 따라가는 것이다
이번엔 성불 탐험 장비 꾸린다
윈 없이 윤회하지 않았나
어디도 타향이었다
비상비비상도 도솔천도……
고향으로 가고 싶다

*

평화의 신이 부르는 건 수.상.행.식.
깨끗하지 않으면 스스로 외면할 것이다
짙은 푸른색 별
별은 멀리 있지 않다
하늘에 있는 별은 수.상.행.식.에도 있다
별이 들어있는 수.상.행.식.
별이 들어있다는 건 멀리 갈 수 있다는 것
멀리 가려면 빛이 돼야 한다
별이 되려면 빛나야 한다
어두운 빛은 별이 아니다
흐린 빛으로 멀리 갈 수 없다

지구로 다시 내려앉을 것이다
별처럼 수.상.행.식. 빛나야 한다
이번 죽음에선 얼마나 멀리 갈 수 있을까?
얼마나 높이 갈 수 있을까?

*

색. 허물어지고 있다
전우戰友지만 여기까지다
모든 고통의 목적
고향으로 귀환 아니던가?
성불!
거창한 이름 수.상.행.식. 모자라지만
붓다 채워줄 것이다

수.상.행.식. 수색한다
미움 집착 욕망……
죽음에 가져갈 수 없는 단어 꺼낸다
시기 질투 싸움……
찌꺼기 털었다
늙음에서 할 일이다

수.상.행.식. 죽음에 충실했다

살기 위해 붓다와 하나 되고

죽기 위해 악착같이 또 붓다와 하나 됐다

수.상.행.식. 전투적인 눈빛

무너지는 색. 속에서 빛났다

*

수.상.행.식. 별 수행

별을 보며

죽음을 수행한다

관찰한다 수.상.행.식.

얼마나 밝은지

빤짝빤짝 빛을 내는지

날아갈 수 있는 행위

꿈꾼다 고치 안에서 수.상.행.식.

날 것이다

별에 다가갈 것이다 수.상.행.식.

만만찮은 기다림이다 수.상.행.식.

이토록 기다려 본 적 있나

지구에 소용없는 노파

왜 데리러 오지 않을까?

수.상.행.식. 아직 모자랄까?

삶보다 지독한 죽음 수행

산다고 고생한 삶 죽음에 비할 바 못 되네

지치도록 죽음 오지 않았다

잠들 때 죽음 고대하고 수.상.행.식.

아침 삶의 계속에 실망하는 시간 연속

죽음 도대체 올까?

바르도!

더 기다리게 하지 마

*

색.이 무너질 때

색. 1단 연료통 버리고

비행 에너지 장만한다

죽음 추진력으로

죽음 2단 연료 돼 줄 것이다

수.상.행.식. 비행

늙음 우주 비행

노년 우주 혁명 시간

색. 고통 호소한다

수.상.행.식. 몸에서 나가주길

색. 황폐해 갔다

젊음에 알던 색. 아니다

색. 죽음으로 가고 있다

하지만 죽음 온 건 아니다

색.의 희망 죽음이 모든 걸 끝내는 거다

진통제 수면제 몰핀까지

색. 고통 덜어 줄 약들 투여됐지만

비참한 색.

"약 대신 죽음을 줘!"

*

살기 위한 악착같던 훈련

죽음에 도움 됐다

삶을 위한 투쟁은

죽음의 투장이 됐다

별 그리기 시작했다 수.상.행.식.

별 닮아간다
죽음에 다가간다 수.상.행.식.
차라리 별이 될 수 있은 시간
젊음에선 짐작도 못했다 수.상.행.식.
노년! 충격적으로 진실하게 산다 수.상.행.식.

죽음!
왜 도착하지 않는지
수.상.행.식. 죽음 장비 다시 챙긴다
처절하게 탱화에 모일 때 보다
더 간절하게 죽음 앞에 뭉쳤다
색.을 위해서라도 떠나야 한다
동지 위한 마지막 할 일이다
미세한 먼지라도 있는지 수색한다
원망 한 톨, 증오 한 조각, 욕망 한 개라도
죽음이 싫어하는 감정 뒤적였다
샅샅이 털었다
깨끗하다
수.상.행.식. 정진 가득할 뿐인데
색의 고통 소리 날카롭다
"수.상.행.식. 바르도로 가!"

*

70부터 나무 밑에서

기다린 죽음

쉽게 오는 존재 아님 알았다

아픈 색. 달래가며

수.상.행.식. 죽음 똑바로 보며 버틴다

수.상.행.식. 어디도 삶 없다

죽음으로 충만하다 수.상.행.식.

죽음 성실히 본 것이다

수.상.행.식. 완벽한 죽음 위한

30년 시간 예정해 놓았다

철저한 붓다

삶과 죽음 하나가 되며

완성 이루고 있다

삶에 골몰하던 시간, 죽음에 골똘하던

시간은 같이 배당되었다

죽음 더 많이 알수록

우주가 가까이 왔다 수.상.행.식.

별을 알아갔고

우주 시공 보이기 시작했다 수.상.행.식.

지구 벗어난 눈빛

죽음 깊어서였다

우주 신비가 왔다

아름다움, 신비

별들과의 일상이다

별 먼 거리가 아니다

별이 다가왔고

날아가서 닿는 별

다가가고 다가오며

거리를 좁혔다

황홀하다

별에 가는 것 현실 됐다

수.상.행.식. 죽음에 환호했다

우주 시공 들어오면서

수.상.행.식. 빛나기 시작했다

*

별을 고대하던 수.상.행.식.

별을 닮아갔다

죽음이 깊어질수록 빤짝빤짝

꿈인지 죽음인지 별에 다녀오기도 했다

별의 푸른 빛 수.상.행.식. 물들어 갔고

삶인지 죽음인지 구분 없는 시간

빈번하게 수.상.행.식. 별에 갔고

별에 머물기도 했다

충격적 행복이다

별에 다녀온 뒤로 수.상.행.식. 삶의 모든 것 싫었다

오직 그곳에 가고 싶다

죽음만이 데려가 줄 것이다

기다림은 수.상.행.식. 짙은 푸른색으로 물들였다

별을 닮고 싶었던 시간은 별이 되었다

수.상.행.식. 빛나는 푸른 별이 된 것이다

*

때가 왔다

별이 초대장 보내지 않은 색色.

섭섭해 하지 않았다

오히려 안도했다

초대받은 수.상.행.식.

수.상.행.식. 마지막 점검

도구상자 열고

드라이버로 해체한다

망치로 두드려보고, 커터칼로 녹슨 곳은 없나 확인한다

십자드라이버로 조이고……

안이함 용납될 수 없다

세밀하게 날아야 한다 수.상.행.식.

수.상.행.식. 높게 날아야 한다

수.상.행.식. 멀리 날아야 한다

안녕!

3. 바르도

들숨이 남아 있을 때 죽음 상태가
아닌 상태로 투명한 빛을 본다
수.상.행.식. 집중하며
빛을 따라가면 된다
전설의 순간
수.상.행.식. 관찰만 한다
이 순간은 그냥 둔다
바르도에 발 디디지 않고 떠나지는 않겠다
바르도를 보고 떠나야지
숨이 남아 있다
지나가게 둘 것이다
수.상.행.식. 바르도를 기다린다
바르도 49일 볼 것이다
마지막 숨도 날아가고 죽음에 왔다
수.상.행.식. 그 땅으로 들어갔다
수.상.행.식.에게 특별한 의식 아니다

수.상.행.식. 죽음을 사는 시간이다

*

"왔군 W!"

"안녕! 바르도!

주눅 들지 않아

애원하지도 않아

전생 수.상.행.식. 아니야

단단해진 수.상.행.식.

담담해

숨을 잡고 갈 수 있었지만

바르도 즐기기 위해 네 땅에 왔지"

"W!

당돌하네

잘 산 모양이지"

"바르도!

지켜보고 있어 이 땅

흥미로운 중간 땅

오고 가는 바쁜 역

설득되는 우주

인정된 시스템

바르도!

죽음을 잘 사는 방법은 뭘까?"

"W!

다른 방법은 없다

죽음! 삶으로 배우고

삶! 죽음으로 배운다

삶 결과 죽음이고

죽음 결과 삶이다

하나다

신과 하나이듯

바르도? ……

지구 달력 12월 32일? 33일? 34일?"

*

"바르도 즐거워

신神들을 만나고

노년 씁쓸한 날 수.상.행.식. 바르도 기다리며

축제 떠올렸지

바르도 신의 은총

환하게 빛나는 바르도 49일
바르도 생명의 꽃"
"신의 법칙 우주의 법칙"
"존재 위대함
악한 신으로 변장한다는 전설
자궁을 닫아주는 사랑
바르도는 사랑이다"
"49일간의 PARTY!"
"죽음 주신 붓다
바르도 벅차다
죽음으로 환승하는
무상 공 무아
붓다가 주신 설계도
우주 건축물은 수.상.행.식. 도시다"

*

"바르도 별들은 뭘 기다릴까?
우주는 뭘 기다릴까?
억겁 동안"
"수.상.행.식.!

수.상.행.식. 짙푸른 푸른색으로 찬란할 때까지
흰색으로 밝을 때까지
노랑으로 맑을 때까지
붉음으로 화려할 때까지
초록빛 비출 때까지
신의 빛으로 찬란할 때까지

수.상.행.식. 그 빛으로 고향으로 날아가길!”

불교문예시인선 • 041

여 행

초판 인쇄 | 2021년 11월 05일
초판 발행 | 2021년 11월 10일

지은이 | 박지애
펴낸이 | 문병구
편집인 | 이석정
편　집 | 구름나무
디자인 | 쏠트라인saltline
펴낸곳 | 불교문예출판부

등록번호 | 제312-2005-000016호(2005년 6월 27일)
주　　소 | 03656 서울시 서대문구 가좌로 2길 50
전화번호 | 02) 308-9520
전자우편 | bulmoonye@hanmail.net

ISBN : 978-89-97276-55-4 (03810)
값 : 10,000원